I0684042

RÉPUBLIQUE FRANÇAISE

LIBERTÉ — ÉGALITÉ — FRATERNITÉ

PRÉFECTURE DE LA SEINE

RÉPONSE

A L'ARTICLE PUBLIÉ DANS LA REVUE DES DEUX-MONDES

Par M. AUBRY-VITET

SUR LA QUESTION DES ÉGOUTS DE PARIS

RAPPORT DE M. L'INSPECTEUR GÉNÉRAL MILLE

PARIS

IMPRIMERIE CENTRALE DES CHEMINS DE FER

A. CHAIX ET Cⁱᵉ

RUE BERGÈRE 20, PRÈS DU BOULEVARD MONTMARTRE

1880

RAPPORT

DE

M. L'INSPECTEUR GÉNÉRAL MILLE

——————

Exposé.

La *Revue des Deux-Mondes* du 1er octobre contient, sur les eaux d'égout et l'assainissement de la Seine, un article qu'on lit avec charme, parce qu'il est clair et qu'il fait pénétrer avec intérêt dans une question difficile.

Cet article attaque l'irrigation, qui est le principe des projets administratifs, au moyen des allégations des adversaires de la Ville de Paris, mais ne dit rien des faits qui leur répondent.

Il met en regard la solution de la décantation, *comme à la papeterie d'Essonnes*, et il affirme des résultats et des calculs qui sont entachés de fortes erreurs.

Nous allons essayer de rétablir la vérité sur cet important sujet.

Les eaux d'égout et la Seine.

La Seine reçoit, par les collecteurs de Clichy et de Saint-Denis, une véritable trombe de boue liquide, dont le cube, de 260,000 mètres ira à 300,000 mètres cubes quand les vidanges diluées arriveront aux égouts ; si l'on songe que chaque mètre cube contient un peu plus de 2k,50 de matières suspendues et dissoutes, on concevra l'envasement et l'infection de la rivière. Tout le long des berges de navigation se forment des bancs de dépôt qui prennent parfois 1 mètre d'épaisseur et exigent une extraction annuelle de 120,000 mètres cubes à la drague. Le mal d'insalubrité est plus grave. « Depuis Clichy » jusqu'à Poissy, dit la Note de M. le Directeur des travaux, le » fleuve est converti en un vaste foyer de fermentation et d'infection ;

» il n'offre plus, dans cette partie de son cours, qu'une eau impropre
» à tous les usages domestiques, mortelle aux poissons, répandant
» dans l'atmosphère des émanations fétides, sinon malsaines, et cela
» aux portes mêmes de la capitale, au milieu de contrées luxuriantes,
» au pied des élégantes villas qui peuplent la splendide vallée de la
» Seine. »

Des plaintes qui s'élevaient de toutes parts, et de l'espoir de tirer
parti de ces boues qui étaient des engrais, naquirent, en 1866, des
essais d'irrigation dans la plaine de Gennevilliers. La Ville acheta
5 hectares de terrains stériles qui, arrosés en rigoles avec les eaux
d'égout, se couvrirent d'une riche production maraîchère. La culture
libre, frappée des résultats, consentit à son tour à recevoir l'irrigation;
la tache d'huile grandit chaque année, et, actuellement, il y a 440 hectares soumis librement à l'arrosage.

Cependant l'état de la Seine, de plus en plus inquiétant, décidait
en 1875 le Ministère des Travaux publics à nommer une Commission
qui fut chargée d'étudier le mal et d'en indiquer les remèdes. La
Commission se prononça pour l'irrigation, dont elle avait apprécié les
effets à Gennevilliers, et l'un de ses membres, M. Krantz, signala les
garennes du bas de la forêt de Saint-Germain comme le point où la
transformation serait la plus utile, où les eaux d'égout étaient le plus
naturellement appelées.

Un projet fut rédigé par les ingénieurs de la Ville. Il présentait une
conduite maîtresse de 16 kilom. de longueur, partant des machines
de Clichy, traversant les trois presqu'îles de Gennevilliers, Houilles et
Maisons, en y jetant des branches secondaires, offertes à la culture
libre sur le parcours, tandis que l'extrémité débouchait au centre des
tirés et des fermes domaniales de la forêt. L'irrigation pouvait dominer
6,300 hectares, dont 1,500 hectares restant à la régie pour maintenir
un vaste régulateur, prêt à couvrir, la nuit ou pendant l'hiver, les lacunes
de consommation du service privé.

Les enquêtes.

Le projet, soumis à l'enquête en 1876 dans les deux départements
que traversait l'artère de la distribution, y fut accueilli de façon bien
différente.

Dans Seine-et-Oise, de vives préoccupations saisirent les esprits. Les propriétaires de villas croyaient déjà voir passer sous leurs yeux des ruisseaux fétides, dont le mauvais air les aurait poursuivis au plus profond de leurs retraites. Saint-Germain allait perdre la clientèle des étrangers. De sa belle terrasse, on discernerait, on sentirait les rigoles infectes. Les constructions de plaisance que l'on préparait par le morcellement du parc de Maisons devenaient impossibles, puisqu'elles étaient à 500 mètres du débouché du « vaste régulateur ». Certains cultivateurs eux-mêmes furent entraînés. On leur représenta que, puisqu'ils avaient les fumiers de Paris et les repoussants amas des *gadoues*, ils n'auraient jamais besoin des eaux d'égout. On fit des souscriptions, on organisa des comités de résistance. Il y eut effectivement un *tolle* dans la vallée, une quantité immense de signatures au procès-verbal d'enquête repoussa le projet d'irrigation, oubliant le vice essentiel de la situation : l'état de la Seine.

La Commission réunie à Versailles et dont M. Aubry-Vitet, l'auteur de l'article de la Revue, était membre, exprima, dans son avis, les sentiments de la crainte universelle. On ne devait pas, on ne pouvait pas toucher au département de Seine-et-Oise, pays de villégiature. Sans oser réclamer le canal à la mer, la perte des eaux d'égout à Rouen et au Havre, on engageait la Ville de Paris à porter ses conduites plus loin, à chercher une région agricole où probablement on accepterait l'irrigation. On citait comme argument pour appuyer le vote, les allégations des réclamants de Gennevilliers, l'inondation des carrières et des caves, la saturation et l'encrassement du sol, les marécages, et à leur suite la fièvre paludéenne.

Dans la Seine, la Commission réunie à Paris, sous la présidence de M. Bouley, membre de l'Institut, mit trois mois à entendre toutes les réclamations, à visiter les lieux, à discuter tous les contre-projets. Elle résuma son avis par deux rapports de sous-commissions, dus à MM. Vilmorin et Orsat, et un rapport d'ensemble, dû à M. Schlœsing.

M. Vilmorin établissait que les plantes vertes, choux, céleris, épinards, laitues, chicorées, ainsi que les racines alimentaires et les plantes industrielles, menthe poivrée, absinthe, etc., sont spécialement propres à utiliser les eaux d'égout et peuvent absorber 40,000$^{m^3}$ par hectare et par an.

M. Orsat prouvait que les terres stériles de la presqu'île de Gennevilliers, une fois soumises à l'arrosage qui en tirait double récolte, passaient de la 5e classe à la 1re, que les prix de location montaient de 100 à 150 francs par hectare et par an. Mais alors, pourquoi des résistances, si l'on apportait tant de bien dans ce pays ? « Il ne faut pas » oublier, répondait M. Orsat, et l'histoire est là pour l'attester, que » les travaux de cette nature ont toujours soulevé des réclamations, » dont le temps s'est chargé de faire justice. C'est ainsi que le canal » établi dans le Midi de la France, il y a plus de trois siècles, par » Adam de Craponne, lequel fait aujourd'hui la richesse d'une partie » du département des Bouches-du-Rhône, n'a valu à son glorieux » auteur que tourment, jalousie et persécution, qui ont abrégé sa vie. »

M. Schlœsing, dans une étude qui reste acquise à la science, expliquait, à la lumière de l'évidence, la fermentation, la combustion lente, la réduction des matières organiques dans un sol perméable. Puis, arrivant aux faits pratiques, il constatait que la prétendue obstruction du sol par les matières organiques était une erreur manifeste; que, nulle part, la Commission n'avait rencontré de terrain encrassé et converti en marais; que, nulle part, on n'avait recueilli les germes de la fièvre paludéenne; qu'il serait d'ailleurs étrange de voir en pleine santé les cultivateurs des terrains arrosés, et de n'observer la maladie qu'au dehors et au loin.

Il proposait, et la Commission adoptait à la presque unanimité, les conclusions suivantes :

« L'élimination des matières insalubres par filtration ou décantation » est insuffisante.

» Les procédés chimiques d'épuration connus jusqu'à présent sont » insuffisants, parce qu'ils n'éliminent qu'une partie assez petite des » matières organiques dissoutes.

» L'épuration par combustion des matières organiques dans le sol » est le seul procédé connu donnant des résultats satisfaisants.

» Mais l'épuration par le sol est soumise à des conditions d'exé-
» cution nécessaires : un sol poreux, une régularité dans la succession
» d'arrosages mesurés, et un drainage capable d'évacuer la totalité
» des eaux épuisées.

» La terre de Gennevilliers peut, sous une épaisseur de 2 mètres
» de sol actif, épurer 50,000^m d'eau d'égout par hectare
» et par an, si toutes les conditions ci-dessus sont d'ailleurs
» remplies. »

Voilà l'arrêt : il est fortement motivé et il a été renouvelé en 1879,
après une longue discussion dans la Commission supérieure chargée
par le Ministre des Travaux publics de régler les mesures de salubrité
des villes en France. En adressant à M. le Préfet de la Seine l'avis
de la Commission, son Président, M. Bouley, demandait que la plus
grande publicité fût donnée aux procès-verbaux des séances et au
rapport, « bien convaincu que la propagation scientifique était le
» meilleur moyen d'aider la Ville à réaliser un projet auquel la
» Commission donnait son entière approbation, sous la réserve des
» mesures dont elle conseillait l'application. »

Vis-à-vis d'une instruction si bien faite et qui peut soutenir la com-
paraison avec les plus belles enquêtes anglaises, l'Administration,
préoccupée des besoins d'assainissement de Paris et de la Seine,
maintint le projet de l'aqueduc d'irrigation, mais elle en réduisit
les surfaces d'arrosage. Les branches offertes sur le parcours à la
libre culture furent supprimées : elles ne seront rétablies qu'à la
demande des intéressés. Il reste d'abord, pour absorber les eaux des
collecteurs, la plaine de Gennevilliers, où l'irrigation est naturalisée
aujourd'hui et n'y saurait plus disparaître ; mais la grande charge est
confiée aux 1,250 hectares qui forment les tirés et les fermes domaniales de la forêt de Saint-Germain. C'est ce qui fait dire à M. Aubry-
Vitet :

« Le vaste régulateur ne régularise plus rien : il engloutit tout, il
devient un vaste dépotoir auquel on enverra 90,000,000^m apportant
les boues et les vidanges de Paris. Comment veut-on que les popu-

lations ne repoussent pas de toutes leurs forces des dispositions mauvaises, arbitraires, ruineuses pour la propriété de luxe qui est tout dans cette région si recherchée jusqu'ici ? »

Déclarations.

« Ce dépotoir, poursuit M. Aubry-Vitet, ne portera plus ni prairie ni culture ; il en est incapable : il ne sera qu'un marais. En admettant même que le premier terme du problème, l'assainissement de la Seine, soit résolu, le second terme, l'utilisation des richesses d'engrais renfermées dans l'eau d'égout, sera sacrifié. Il y a pourtant une solution bien simple, si l'on cesse de s'attacher à une perfection chimérique, c'est la décantation. Oui, la décantation par la chaux, essayée dès les premiers temps et délaissée, mais pratiquée cette fois comme à la papeterie d'Essonnes. Là, à l'usine modèle de M. Darblay, on emprunte chaque jour à la Juine 10,000ᵐ d'eaux qu'on lui rend après qu'elles ont servi à la préparation et au lavage des pâtes de paille ou de chiffon, et qui retournent clarifiées, à la rivière, en abandonnant dans les bassins de dépôt des boues calcaires qui se dessèchent et peuvent être livrées comme amendement à la culture. Le mouvement est continu ; il n'y a pas de mauvaises odeurs, et les poissons vivent dans le courant à peine altéré. »

« Partant d'un service industriel de 10,000ᵐ vérifié par une marche normale d'une année, on peut déduire ce que coûterait un service de 300,000ᵐ installé d'après les mêmes principes. Puisque deux hectares de bassins, de filtres et de séchoirs suffisent à Essonnes, il faudrait à Paris une soixantaine d'hectares. Portons à 20 francs le mètre carré, des frais de construction des bassins divers et doublons, pour tenir compte des voies et du matériel d'enlèvement des boues, nous arrivons à 2 millions et demi, une goutte d'eau dans le budget de la Ville de Paris. »

« Voyons les charges et les produits de l'exploitation. Les mains-d'œuvre à Essonnes ne coûtent que 20 francs ; elles comporteraient 600 francs à Paris. Ajoutons le prix de la chaux, 1,500 francs, puis les taxes de transport sur rails pour mettre chaque jour 500 tonnes d'engrais solide à portée de la culture dans un rayon moyen de 50 kilomètres : il vient de ce chef 500 à 1,000 francs de frais, soit en tout un bloc de 3,000 francs par jour. »

« Et si l'on tient compte de l'azote et de l'acide phosphorique enfermés dans les dépôts, on reconnait qu'on a sous la main la fumure de 30,000 hectares. Si l'on compte l'azote à 2 francs, l'acide phosphorique à 0 fr. 11, on est en présence d'une création de valeurs de 7,000 francs chaque jour. »

« En résumé, 2 millions et demi de constructions, à grand'peine 1,350,000 francs de dépenses annuelles d'exploitation, en admettant que la vente à la culture n'existe pas encore, tel est le budget de la décantation, tandis qu'avec l'irrigation on va débuter par 9 millions de travaux et inscrire au budget d'entretien de 1,670,000 francs à 2 millions chaque année. »

Eh bien! ces calculs et ces résultats sont des illusions.

Pour établir 60 hectares de bassins, et c'est plutôt 100 hectares qu'on devrait dire, il faut avoir à Clichy, à la bouche des collecteurs, 60 hectares de terrain. A Clichy, ville industrielle, faubourg de Paris, on vend le terrain au mètre et l'on tient le prix de 20 francs le mètre. Voilà près de 2 millions à ajouter aux estimations.

A Essonnes, les 10,000^{m3} d'eau qu'on emprunte à la rivière ont été élevés pour le service de l'usine; leur élévation est payée sur les frais généraux. A Clichy, les eaux d'égout sont à la cote 24, et doivent être montées à la cote 32, à 2 mètres au-dessus du sol. Nous voilà dans la nécessité d'établir les mêmes machines, de brûler la même quantité de charbon que si l'on veut porter la masse des eaux en irrigations de service bas dans la plaine de Gennevilliers!

C'est accorder beaucoup à l'adversaire que d'admettre l'égalité de dépenses, et de laisser là les questions d'argent pour discuter des questions plus hautes.

D'abord, est-on sûr que Clichy accepte ces bassins d'eau et de boue de 60 à 100 hectares, dans l'atmosphère de sa population, et qu'elle ne repousse pas pareille installation au fond des bois comme dans la forêt de Bondy, ou même au bas de la forêt de Saint-Germain? Peut-on comparer les boues calcaires, formées par les résidus de la fabrication du papier, chiffon, paille, chlorures, couleurs, avec les dépôts que contiennent les débris du mouvement et de la vie d'une population de deux millions d'âmes et de cent mille chevaux?

Mais cette eau clarifiée qu'on écoulerait à la Seine, elle n'a perdu que les matières suspendues, les plus pauvres; les matières dissoutes, les plus riches, sont restées avec les germes qui vont fermenter et se multiplier en route. On sauvera les apparences et l'on aura la réalité du mal, l'infection de la rivière.

Ce n'est rien encore vis-à-vis des boues à dessécher et à offrir à la culture. A Essonnes, ces boues, qui contiennent 75 0/0 d'eau lorsqu'on les tire des filtres de machefer, n'en contiennent plus que 15 à 20 0/0, *au bout de deux à trois mois* d'exposition à l'air libre. Il faudrait donc accepter un minimum de cent mille mètres cubes de boue se séchant à l'air libre! La culture, d'ailleurs, les prend si peu que, depuis un an, à Essonnes, les dépôts vont remblayer un marais. C'est là le vice radical qui a écrasé toutes les entreprises de défécation, que le réactif soit la chaux de M. Wicksteed, le sulfate d'alumine, de beaucoup meilleur, de M. Lechatelier, la recette qui fit tant de bruit sous le titre de l'A B C (alumine, sang, charbon). La vérité sort ici des épreuves des grandes villes anglaises, Leicester, Leeds, qui ont lutté pour soutenir le procédé et ont été forcées de l'abandonner. La boue s'amoncelait et la clientèle agricole n'existait pas.

Le régulateur. Il nous reste à démontrer que le « vaste dépotoir », dont on effraie les imaginations, fera son office de régulateur, en transformant les 1,250 hectares des Garennes de Saint-Germain en herbages couverts de bestiaux comme en Normandie, et en fermes de petite culture comme dans les Flandres.

Pour dévorer cent millions de mètres cubes au taux de 50,000 mètres cubes par hectare et par an, il faut 2,000 he····s, que nous devons trouver dans les deux plaines d'alluvions de ···nnevilliers et des Garennes.

À Gennevilliers, la culture libre, qui exploite actuellement 440 hectares, en exploitera certainement 800 dans trois ans, à l'achèvement
des travaux. Les communications s'améliorent; les ponts vont être
rachetés à Saint-Ouen et Saint-Denis; le boulevard et le pont d'Épinay
vont être livrés à la circulation; les émigrants arriveront de plus en
plus, surtout de la vallée de Montmorency, d'où viennent les meilleurs
maraîchers. Ils trouvent ici des terres arrosées qui portent double
récolte, et ils ne sont guère qu'à 6 kilomètres du marché des Halles.
Ils se bâtiront des maisons sur place, ce qui est déjà commencé; alors
la culture des gros légumes et celle des primeurs sous châssis leur assu-
reront la vente et les bénéfices pendant les 12 mois de l'année. Les
prix de 300 à 500 francs de location par hectare et par an monteront à
1,000 francs.

Jusqu'ici, la dépense d'eau était limitée par la force de 400 chevaux
puisant aux collecteurs. Dès 1881, des machines nouvelles de 700 chevaux porteront la force à 1,100 chevaux, et permettront presque de
tripler la distribution. Si l'hectare ne consommait souvent pas 40,000^m,
c'est qu'il fallait lui marchander l'eau. Les réclamations des cultivateurs ont toujours porté sur l'insuffisance de l'irrigation. Le chiffre de
50,000^m par hectare sera atteint, dès que les machines pourront les
livrer.

Aux Garennes de Saint-Germain, ce n'est plus la culture maraîchère
seule qu'il faut appeler à l'aide, mais l'herbage, l'élève des animaux
avec la culture des plantes industrielles et des arbres.

Sur les fermes, admirablement disposées par la nature pour recevoir
l'irrigation, on peut créer immédiatement les prairies et l'élève des
animaux avec l'herbe pour la nourriture d'été, avec les racines pour
la nourriture d'hiver. Il y a des bâtiments qui abriteront un nombreux
bétail, que le chemin de fer de l'Ouest débarquera à la gare d'Achères,
et que le marché de La Villette achètera dès que l'engraissement sera
achevé. Bien des opérations d'entrepôt peuvent se préparer ici, en vue
du stock à expédier suivant les cours au marché de La Villette. Les
deux fermes existantes seront le lot des marchands de bestiaux.

Aux Garennes d'Achères, le terrain sera profondément défoncé, rayonné, colmaté avant de porter des récoltes. La régie doit tout y commencer, les chemins, les rigoles, les labours, les premiers herbages, pour préparer la place à de petites exploitations de 25 hectares. On peut adopter le parti qui a réussi à Gennevilliers, offrir la terre et l'eau à des familles d'ouvriers qui n'auront guère à apporter que leurs bras. Le point d'appui sera une ferme d'essai de 10 hectares, étudiant les modes d'application des arrosages, les façons de la terre, les rendements les plus favorables à l'égard des prairies, des céréales, des plantes industrielles et même des arbres forestiers et fruitiers. L'instruction se prendra par l'exemple, et le travail sans relâche des petits cultivateurs aura bientôt conquis la période des bénéfices; car ces exploitations imitées des Flandres enverront le lait, le beurre, les œufs, les légumes, les fruits, aux marchés des environs : Maisons, Conflans, Andrezy, où la demande de produits est grande dans la belle saison. Elles feront en outre pour les usines de la vallée d'Oise, l'œillette, le colza, le lin, les betteraves. La vallée de la Seine est un excellent débouché.

Transpiration des plantes.

Qu'on nous permette une remarque : on se fait de l'irrigation par les eaux d'égout une idée incomplète, arriérée. Les recherches de MM. Risler et Marié-Davy ont ouvert des vues plus précises. Le sol évapore, les plantes transpirent : la soif est pour les plantes un besoin impérieux.

D'après M. Risler, un sol nu évapore près de 75 0/0 de la pluie qui tombe. Les arbres, qui sont des drains verticaux, puisent par leurs racines dans la nappe et évaporent par leur couronne de feuillage, beaucoup plus que ne fait le sol nu. De deux plantes mises ensemble dans un terrain qui se dessèche, la plus forte prend l'eau à la plus faible. Pourquoi n'a-t-on qu'une coupe d'herbe et un regain sur une prairie non arrosée? Parce que l'eau du printemps est épuisée en été; dans le regain d'automne on ne trouve souvent que des plantes à racines profondes : n'oublions pas que l'eau est le véhicule de l'engrais et que les corps n'agissent que s'ils sont dissous.

Il faut donc irriguer, et alors arrivent les utiles expériences de

M. Marié-Davy; elles datent de la campagne de 1880 et sont faites au jardin d'essai d'Asnières sur des sables purs avec les eaux d'égout de la distribution.

Le ray-grass, en neuf mois et demi, a évaporé 45,000^{m3} à l'hectare et rendu en 6 coupes 163,000 kil. de nourriture verte.

La prairie naturelle, placée à côté, évaporait 46,000^{m3} et rendait en six coupes 132,500 kil. de matière.

La betterave jaune, en cinq mois, a évaporé 15,000^{m3} et produit 130,000 kil. de racines à l'hectare.

Le blé, l'orge, l'avoine du printemps ont reçu, en quatre mois, de 9,000 à 12,000^{m3} et produit de 3,000 à 2,000 kil. de grains à l'hectare.

Où sont les affirmations que les eaux d'égout ne convenaient qu'aux plantes vertes ? Pas un succès ne leur a manqué dans l'échelle de la végétation. Pourquoi ces terreurs d'inondations souterraines quand des herbages transpirent par leur exubérante production 45,000^{m3} à l'hectare ? Et si l'on ajoute de gros drains de 0,45, la plus forte dimension qui ait encore été posée, on fait jaillir au niveau d'étiage des sources limpides, fraîches et pures, qui abaissent et permettent de régler la nappe : on tire du réservoir souterrain ce que l'on veut. Quant à la croyance au sol saturé, *encrassé* profondément par l'irrigation, elle fait sourire. Est-ce que les vallées de la Loire et du Nil sont *encrassées* depuis les crues qui les enrichissent ? Est-ce qu'on entretient les chaussées de Paris avec de l'argile ? Non, on y emploie le porphyre, les quartzites, les matériaux durs par excellence : leurs débris sont des boues siliceuses, des sables granitiques que l'on prendrait souvent pour des sables dragués en Seine. Quand l'eau d'égout colmate, elle apporte une alluvion artificielle de sables sur une alluvion naturelle de sables : l'épaisseur augmente un peu : rien en plus, sinon l'engrais puissant des matières organiques diluées dans les eaux.

Et les plus vieux terrains sont les meilleurs, parce que, suivant l'expression de M. Moll, ils possèdent de la vieille force.

En fin de compte, regardons les deux opérations de la décantation   Résumé.

et de l'irrigation dans leurs résultats, sans ramener la discussion technique des dépenses qui n'intéresse pas le public, et où nous aurions l'avantage.

La décantation renvoie à la rivière des eaux claires, mais encore infectées par les matières et les ferments solubles qu'elles ont gardés. A Essonnes, il faut perdre les eaux en les dissimulant ; on les lâche par un siphon qui débouche sous le courant de la rivière. Les dépôts qui devraient être des engrais tout prêts pour la culture ne sont que des boues qui exigent 2 à 3 mois d'exposition à l'air avant de se dessécher, et qui, d'ailleurs, n'ont pas d'acheteurs : là est le vice essentiel. A Leicester, à Leeds, les boues inutilement amoncelées ont écrasé les entreprises de défécation.

L'irrigation, au contraire, achève d'un seul coup le travail de l'épuration et de l'utilisation. Les dangers d'inondation souterraine sont chimériques, dès qu'à l'énorme transpiration des plantes on ajoute le drainage en gros diamètre. L'atmosphère sera-t-elle infectée parce qu'aux résidus actuels de la rue et de la maison, on ajoutera dans les eaux d'égout les vidanges ? Nullement. Il s'agit de 1,500 mètres cubes qui seront noyés avant toute fermentation dans 300,000 mètres cubes de liquide : c'est la dilution au 1/200, et la destruction, la combustion s'opéreront immédiatement sur le filtre de la terre, profondément perméable et remplie d'air. Enfin, l'irrigation a gagné une clientèle agricole qu'elle enrichit : avec 2,000 hectares, dont 300 de culture maraîchère libre dans la plaine de Gennevilliers, et 1,250 de cultures herbagères et industrielles soumises à la régie dans les Garennes de la forêt de Saint-Germain, on a la certitude de débarrasser la Seine de l'eau des collecteurs des égouts, pendant la période d'étiage. Il est évident que, pendant les grandes crues, il n'y a aucun intérêt à faire un service impossible.

Demandons-nous dès lors s'il y a un danger pour les localités voisines, si l'irrigation empêchera les étrangers de venir à Saint-Germain, si l'opération du morcellement du parc de Maisons est perdue, si la région par excellence de la villégiature est frappée de mort.

Saint-Germain, son château, sa terrasse sont à 8 kilomètres et séparés des Carennes par une magnifique forêt. Le parc de Maisons aura pour protection un rideau d'arbres d'un kilomètre d'épaisseur, et peut-être ce rideau dessiné par des chemins et des gazons deviendra une promenade recherchée. Quant aux propriétaires de villas, ils auront vis-à-vis d'eux un fleuve sans ordures, sans boues fétides, où les bains, le canotage, seront possibles dans une eau naturelle, tandis que les petites fermes qui auront remplacé les tirés à lapins, couvriront de produits les marchés d'approvisionnement. Comme à Asnières, les constructions se multiplieront et la propriété gagnera de valeur.

Le mal de la peur ne tiendra pas contre l'évidence. Ici, comme à Gennevilliers, l'évidence fera les conversions.

Choisy, 24 Octobre 1880.   L'Ingénieur Conseil.

Signé : MILLE.

IMPRIMERIE CENTRALE DES CHEMINS DE FER. — A. CHAIX ET C°, RUE BERGÈRE, 20, A PARIS. — 25410-9.